HIPPOLYTE
ET
ARICIE,
TRAGEDIE,

REPRÉSENTÉE
POUR LA PREMIERE FOIS
PAR L'ACADÉMIE ROYALE
DE MUSIQUE,

Le Jeudi premier Octobre 1733.

Reprise le Mardi 11 Septembre 1742.

Et remise au Théâtre, le Vendredi 25 Février 1757.

PRIX XXX SOLS.

AUX DÉPENS DE L'ACADÉMIE,

A PARIS, Chez la V. Delormel & Fils, Imprimeur de ladite
Académie, rue du Foin, à l'Image Ste. Geneviéve.

On trouvera des Livres de Paroles à la Salle de l'Opéra.

M. DCC. LVII.

AVEC APPROBATION ET PRIVILEGE DU ROI.

Les Paroles de feu M. PELLEGRIN.

La Musique de M. RAMEAU.

PRÉFACE.

Q**UOIQU'UNE** *noble hardieſſe , ſoit un des plus beaux appanages de la poëſie , je n'aurois jamais oſé, après un Auteur tel que* RACINE *, mettre une* Phedre *au théâtre , ſi la différence du genre ne m'eût raſſuré : Jamais ſujet n'a paru plus propre à enrichir la ſcene Lyrique , & je ſuis ſurpris que le grand Maître de ce théâtre , ne m'ait pas prévenu dans un projet qui m'a flatté d'une maniere à n'y pouvoir réſiſter. Le merveilleux dont toute cette fable eſt remplie , ſemble déclarer hautement lequel des deux ſpeǝlacles lui eſt plus propre. Mon reſpeǝl pour le plus digne rival du grand* CORNEILLE *, m'a empêché de donner cette Tragédie ſous le nom de* Phedre. SENEQUE *a traité le même ſujet ſous le nom d'*HIPPOLYTE *, parce qu'il s'agit de la mort de ſon héros ; Mais comme* OVIDE *le fait revivre ſous le nom de* Virbius *dans la forêt d'*Aricie *, j'ai crû qu'une Princeſſe du nom de cette forêt , pouvoit entrer naturellement dans le titre de ma Piéce. C'eſt* RACINE *même qui m'a fourni cet Epiſode , & je l'ai adopté avec d'autant plus de plaiſir , que le nom d'*Aricie *donne lieu de préſumer que cette Princeſſe , reſte malheureux du ſang des* Pallantides *, pourroit bien avoir fait appeller ainſi ,*

l'heureuſe contrée que Diane ſoumit à ſes loix, auſſi bien qu'à celles d'Hippolyte.

Mais , ce n'eſt pas aſſez de juſtifier le choix de mon ſujet & le titre de ma Piéce ; il m'importe infinement davantage de faire voir ſi ma fable eſt raiſonnable. J'avouerai d'abord , ſans prétendre cenſurer l'élégant Auteur qui m'a ouvert cette carriere , que ſon Théſée m'a toujours paru trop crédule, & qu'un fils auſſi vertueux qu'Hippolyte ne devoit pas être condamné ſi legerement , ſur la dépoſition d'une femme ſuſpecte, & ſur l'indice d'une épée qu'on pouvoit avoir priſe à ſon inſçu , je ſçais qu'une paſſion auſſi aveugle que la jalouſie, peut porter à de plus grandes erreurs , mais cela ne ſuffit pas au théâtre & le grand ſecret pour être approuvé , c'eſt de mettre les ſpectateurs au point de ſentir, qu'ils feroient de même que les acteurs , s'ils ſe trouvoient en pareille ſituation.

C'eſt-là ce qui m'a engagé à mieux fonder la condamnation d'Hippolyte : Voici comme je la prépare.

1°. Les Parques annoncent à Théſée dans les Enfers , d'où il eſt prêt à ſortir, qu'il retrouvera ces mêmes Enfers, chez lui.

2°. Phedre voulant ſe percer de l'épée d'Hippolyte , ce Prince la lui arrache, & Théſée arrivant dans le même inſtant , trouve ſon fils l'épée à la main contre ſa femme , il ſe rapelle auſſi-tôt la prédiction des Parques , ce qu'il fait entendre par ces vers.

O trop fatal Oracle !

Je trouve les malheurs que m'a prédit l'Enfer.

3°. Phedre , qu'il interroge , lui repond :

N'approchez point de moi; l'Amour eſt outragé;
Que l'Amour ſoit vengé.

4°. Œnone , *interrogée à son tour , le met dans une plus grande certitude du malheur qu'il craint ; voici comme elle parle :*

Un defefpoir affreux.... pouvez vous l'ignorer ?
Vous n'en avez été qu'un témoin trop fidéle.
Je n'ofe accufer votre fils ;
Mais, la Reine.... Seigneur, ce fer armé contre-elle,
Ne vous en a que trop appris.

Une fête de Matelots qui furvient , empêche Théfée d'entrer dans un plus grand éclairciffement , & trop convaincu du crime de fon fils , il en demande la vengeance à Neptune , qui lui a juré par le Styx , de l'exaucer trois fois.

On fera peut-être furpris que je faffe Théfée, fils de Neptune ; Mais , outre que j'ai mes garans dans quelques Commentateurs entre lefquels Hyginus tient le prémier rang, j'ai cru qu'il étoit plus vrai--femblable que ce Dieu des mers , ne fe liât par le terrible ferment du Styx , qu'en faveur d'un héros de fon fang.

Il eft tems de répondre à une objection qu'on m'a faite dans quelques lectures de cette Piéce. L'action, m'a--ton dit, femble confommée à la fin du quatriéme acte, je conviens qu'il en feroit quelque chofe , en fuppofant qu'Hippolyte & Aricie qui donne le nom à ma Tragedie , fuffent véritablement mort ; Mais, le premier n'ayant fait que difparoître au yeux des fpectateurs , & la derniere n'étant qu'évanouie , on doit vraifemblablement s'attendre à quelques effets de la protection de Diane , annoncée affez dans le premier Acte.

ACTEURS CHANTANS
DANS LES CHŒURS.

CÔTE' DU ROI.		CÔTE' DE LA REINE	
Mesdemoiselles.	*Messieurs.*	*Mesdemoiselles.*	*Messieurs.*
Larcher.	Lefebvre.	Rolet.	S. Martin.
Caseau.	Le Page. C.	Daliere.	Gratin.
			Le Mesle.
Le Tourneur.	Lévêque.	Masson.	Albert.
	L'Ecuyer.	Héry.	Pinard.
La Croix.			Paulart.
	Selle.	Adelaïde.	Chappotin.
Sallaville.	Roze.	Lachanterie.	Favier.
Gaultier.	Robin.	Dauger.	Ferret.
			Du Perrier.
Edmée.	Antheaume.	Petitpas.	Laurent.
Dubois c.	Parant.	Cochereau.	Louatron.

ACTEURS DE LA TRAGÉDIE

ARICIE,	Mlle. Fel.
PHEDRE,	Mlle. Chevalier.
ŒNONE,	Mlle. Chefdeville.
PRESTRESSE de DIANE,	Mlle. Lemiere.
DIANE,	Mlle. Dubois.
HIPPOLYTE,	M^r. Poirier.
THESÉE,	M^r. De Chaffé.
THYSIPHONNE,	M^r. Larivée.

LES PARQUES,   M^{rs}.   Perfon. Langlois. Albert.

MERCURE,	M^r. Pillot.
PLUTON,	M^r. Gelin.

UNE MATELOTTE.
UNE CHASSERESSE,   Mlle. Lemiere.
UNE BERGERE,

PRESTRESSES DE DIANE.
DIVINITÉS INFERNALLES.
MATELOTS & HABITANTS DE TREZENE.
CHASSEURS & CHASSERESSES.
BERGERS & BERGERES.

La Scene eft à Trézene, dans les Enfers & dans la Fôrêt d'ARICIE.

PERSONNAGES DANSANS.

ACTE PREMIER.
PRESTRESSES DE DIANE.

Mᴵᴵᵉ. PUVIGNÉE,

Mʳˢ. Riquet, Dumirey, Coupée, Marquife,
Chevrier, Chomar, Ponchon, Mopin,

ACTE SECOND.
ESPRITS INFERNEAUX.

Mʳ. VESTRIS, Mᴵᴵᵉ. LYONNOIS, Mʳ. LAVAL.
Hus, Veftris, c. Rivet, Henry, Lelievre.
Trupty, Dubois, Dupré.

ACTE

ACTE TROISIE'ME.

MATELOTS ET MATELOTTES.

M^r. LYONNOIS.

Mlle. LANY.

Mr DUBOIS, Mlle. DUMIRAY, M^r. BALETY.

M^{rs}. Galodier, Beat, Bertrin, Feuillade.

Mlles. Chomard, Armand, Tetelingre, Mopin.

ACTE QUATRIÉME.

CHASSEURS ET CHASSERESSES.

M^r. LANY, Mlle. LANY.

M^{rs}. Lelievre, Dupré, p. Hus, Dubois,
Hyacinthe, Dupré, f.

Mlles. Coupée, Chevrier, Marquife, Ponchon,
Fleury, Danville.

ACTE CINQUIÉME.

BERGERS ET BERGERES.

M*r*. VESTRIS, M*lle*. VESTRIS.

M*rs*. Beat, Veſtris, c. Galodier, Trupty, Henry. Balety, Bertrin, Rivet.

M*lles*. Chomar, Courcelles, Mopin, Armand, Danville, Fleury, Deſchamps, Dumiray.

HIPPOLYTE
ET
ARICIE,
TRAGEDIE.

ACTE PREMIER.
Le Théâtre repréfente un temple confacré à DIANE :
On y voit un autel.

SCENE PREMIERE.
A R I C I E en Chaffereffe.

Emple facré, féjour tranquille,
Où Diane aujourd'hui doit recevoir mes
    vœux,
A mon cœur agité daigne fervir d'afyle
Contre un amour trop malheureux.

A ij

Et toi, dont malgré-moi je rappelle l'image,
Cher Prince, fi mes vœux ne te font pas offerts,
 Du moins, j'en apporte l'hommage
 A la Déeffe que tu fers.

 Temple facré, féjour tranquille,
Où Diane aujourd'hui doit recevoir mes vœux,
A mon cœur agité daigne fervir d'afyle,
 Contre un amour trop malheureux.

SCENE II.
HIPPOLYTE, ARICIE.
HIPPOLYTE.

PRinceffe, quels apprêts me frappent dans ce
Temple !

ARICIE.

Diane préfide en ces lieux ;
Lui confacrer mes jours, c'eft fuivre votre exemple.

HIPPOLYTE.

Non, vous les immolez, ces jours fi précieux.

ARICIE.

J'exécute du Roi la volonté fuprême ;
A Théfée, à fon Fils, ces jours font odieux ;

HIPPOLYTE.

Moi, vous haïr ! O Ciel ! Quelle injuſtice extrême !

ARICIE.

Je ne ſuis point l'objet de votre inimitié ?

HIPPOLYTE.

Je ſens pour vous une pitié
Auſſi tendre que l'amour même.

ARICIE.

Quoi ? Le fier Hippolyte...

HIPPOLYTE.

Hélas !
Je n'en ai que trop dit ; je ne m'en repens pas,
Si vous avez daigné m'entendre :
Mon trouble, mes ſoûpirs, vos malheurs, vos appas,
Tout vous annonce un cœur trop ſenſible & trop
tendre

ARICIE.

Ah ! Que venez-vous de m'apprendre !
C'en eſt fait ; pour jamais mon repos eſt perdu.
Peut-être votre indifférence
Tôt ou tard me l'auroit rendu ;
Mais votre amour m'en ôte l'eſperance.
C'en eſt fait ; pour jamais mon repos eſt perdu.

HIPPOLYTE.

Qu'entens-je! Quel tranfport de mon ame s'empare!

ARICIE.

Oubliez-vous qu'on nous fépare!
Quel temple redoutable, & quel affreux lien!
Hippolyte amoureux m'occupera fans ceffe;
Même aux Aurels de la Déeffe,
Je fentirai mon cœur s'élancer vers le fien.
Diane & l'univers pour moi ne font plus rien.

Hippolyte amoureux m'occupera fans ceffe,
Je vivrai pour pleurer fon malheur & le mien.

HIPPOLYTE.

Je vous affranchirai d'une loi fi cruelle.

ARICIE.

Phédre fur fa captive à des droits abfolus;
Que fert de nous aimer? Nous ne nous verrons plus.

HIPPOLYTE.

O Diane! Protége une flamme fi belle.

ENSEMBLE.

Nous brûlons des plus pures flammes,
L'Amour n'offre à nos cœurs que d'innocens appas.
Tu ne le défends pas,
Non, non, tu ne le défends pas
Quand c'eft par la vertu qu'il regne fur nos ames.

SCENE III

HIPPOLYTE, ARICIE, LA GRANDE
PRÊTRESSE DE DIANE;
PRÊTRESSES DE DIANE.
ENTRÉE DES PRÊTRESSES.

C H Œ U R.

Dans ce paisible séjour,
Regne l'aimable innocence :
Les traits que lance l'Amour
Sur nous n'ont point de puissance;
Nous jouissons à jamais
Des doux charmes de la paix.

On danse.

LA GRANDE PRÊTRESSE.

Dieu d'Amour, pour nos asyles,
Tes tourmens ne font pas faits.
Tous les cœurs y font tranquilles,
Tes efforts font inutiles;
Non, non, tu n'en peux troubler la paix.

Tes allarmes
Ont des charmes
Pour qui manque de raifon ;
Mais nos ames
De tes flammes
Reconnoiffent le poifon :
Va , fuis ; pers l'efperance :
Va , fuis loin de nos cœurs :
Contre notre indifférence
Tu n'as point de traits vainqueurs.

On danfe.

LA GRANDE PRETRESSE,
alternativement avec le CHŒUR.

De l'amour fuyez les charmes
Craignez jufqu'à fes douceurs,
De fleurs il couvre fes armes,
Mais les larmes,
Les allarmes.
Sont le prix des tendres cœurs

On danfe.

LA GRANDE PRETRESSE ET LE CHŒUR.

La paix & l'indifférence
Comblent ici nos défirs ;

Le

Les biens que l'amour difpenfe
Coûtent toujours des foûpirs;
Dans le fein de l'innocence
Nous trouvons les vrais plaifirs.

On danfe.

S C E N E I V.

PHEDRE, ŒNONE, GARDES;
& les Acteurs de la Scene précédente.

P H E D R E, à A R I C I E.

PRinceffe, ce grand jour par des nœuds éternels
    Va vous unir aux Immortels.

A R I C I E.

Je crains que le ciel ne condamne
L'hommage que j'apporte aux pieds des faints autels.
    Quel cœur viens-je offrir à Diane !

P H E D R E.

Quel difcours !

A R I C I E.

Sans remors, comment puis-je en ces lieux,
    Offrir un cœur que l'on opprime?

B

CHŒUR DE PRÊTRESSES.

Non, non, un cœur forcé n'eſt pas digne des Dieux ;
Le ſacrifice en eſt un crime.

PHÉDRE.

Quoi ? L'on oſe braver le ſuprême pouvoir !

CHŒUR.

Obéïſſez au Dieux ; c'eſt le premier devoir.

PHEDRE à HIPPOLYTE.

Prince, vous ſouffrez qu'on outrage
Et votre Pere, & votre Roi !

HIPPOLYTE à PHEDRE.

Vous ſçavez quel reſpect à Diane m'engage ;
Dès mes plus tendres ans je lui donnai ma foi.

PHEDRE.

Dieux ! Théſée en ſon fils trouve un ſujet rebelle !

HIPPOLYTE.

Je ſais tout ce que je lui doi ;
Mais, ne puis-je pour lui faire éclatter mon zéle,
Qu'en outrageant une Immortelle ?

PHEDRE.

Laiſſez des détours ſuperflus ;
La vertu quelquefois ſert de prétexte au crime.

H I P P O L Y T E.

Quel crime !

P H E D R E.

Je ne fais qui vous touche le plus,
De l'autel, ou de la victime.

H I P P O L Y T E.

Du moins, par d'injustes rigueurs,
Je ne fais point forcer les cœurs.

P H E D R E.

Périffe la vaine puiffance
Qui s'éleve contre les Rois :
Tremblez ; redoutez ma vengeance,
Et le Temple & l'Autel vont tomber à ma voix.
Tremblez, j'ai fû prévoir la défobéïffance ;
Périffe la vaine puiffance,
Qui s'éleve contre les Rois.

Bruit de trompettes.

Des Guerriers entrent, & vont brifer l'Autel.

*L A G R A N D E P R É T R E S S E,
E T L E C H Œ U R.*

Dieux vengeurs, lancez le tonnerre :
Périffent les mortels qui vous livrent la guerre.

Bruit de tonnerre.

D I A N E paroît dans une gloire.

LA GRANDE PRÊTRESSE.

Nos cris font montés jufqu'aux cieux.
La Déeffe defcend ; tremblez, audacieux.

SCENE V.

D I A N E ; & les Acteurs de la Scene précédente.

DIANE, à fes PRÊTRESSES.

NE vous allarmez pas d'un projet téméraire,
Tranquilles cœurs, qui vivez fous ma loi.
Vous voyez Jupiter fe déclarer mon Pere ;
Sa foudre vole devant moi.

à PHEDRE.

Toi, tremble, Reine facrilege ;
Penfes-tu m'honorer par d'injuftes rigueurs ?
Apprens que Diane protége
La liberté des cœurs.

à ARICIE.

Et toi, trifte victime, à me fuivre fidéle,
Fais toujours expirer les monftres fous tes traits.
On peut fervir Diane avec le même zéle,
Dans fon temple & dans les forêts.

HIPPOLYTE ET ARICIE.

Déeffe, pardonnez…

DIANE.

Votre vertu m'eft chere ;
Et c'eft au crime feul que je dois ma colere.

Diane entre dans fon temple avec fes Pretresses,
& Hippolyte emméne Aricie.

SCENE VI.

PHEDRE.

PHÉDRE.

QUoi ! La terre & le ciel contre moi font armés !
Ma rivale me brave ! Elle fuit Hippolyte !
Ah ! Plus je vois leurs cœurs l'un pour l'autre enflamés,
Plus mon jaloux tranfport s'irrite.

Que rien n'échappe à ma fureur ;
Immolons à la fois l'amant & la rivale :
Haine, dépit, rage infernale,
Je vous abandonne mon cœur.

FIN DU PREMIER ACTE.

ACTE SECOND.

Le Théâtre repréfente l'entrée des Enfers.

SCENE PREMIERE.
THESÉE, TISIPHONE.

THESÉE.

Laiffe-moi refpirer, implacable Furie.

TISIPHONE.

Non, dans le féjour ténébreux
C'eft envain qu'on gémit ; c'eft envain que l'on crie ;
Et les plaintes des malheureux
Irritent notre barbarie.

THESÉE.

Dieux ! N'eft-ce pas affez des maux que j'ai foufferts ?
J'ai vû Pyrithous déchiré par Cerbere ;

Jai vû ce monftre affreux trancher des jours fi chers,
Sans daigner dans mon fang affouvir fa colere.
J'attendois la mort fans effroi,
Et la mort fuyoit loin de moi.

TISIPHONE.

Eh ! Croyois-tu que de tes peines
Le moment de ta mort fut le dernier inftant ?
Pirithous gémit fous d éternelles chaînes ;
Tremble ; le même fort t'attend.

THESÉE.

Ah! Qu'avec lui je le partage,
Ce fort que tu viens m'annoncer,
Rends-moi Pirithous, je me livre à ta rage ;
Mais fur lui, s'il fe peut, ceffe de l'exercer.

ENSEMBLE.

TISIPHONE.	C'eft peu pour moi d'une victime.
THESÉE.	Contente-toi d'une victime.
TISIPHONE.	Non rien n'apaife ma fureur.
THESÉE.	Quoi ? Rien n'appaife ta fureur !
TISIPNONE.	Je dois porter partout le ravage & l horreur.
THESÉE.	Dois-tu porter plus loin le ravage & l'horreur,
TISIPHONE.	Lorfque partout je vois le crime.
THESÉE.	Quand fur moi feul je prends le crime !

*Le fond du théâtre s'ouvre : On y voit PLUTON,
fur fon trône ; les trois PARQUES font
à fes pieds.*

SCENE II·

SCENE II·

PLUTON, THESÉE, TISIPHONE,
les trois PARQUES; Divinités
infernales.

THESÉE.

INexorable Roi de l'empire infernal,
Digne Frere, & digne Rival
Du Dieu qui lance le tonnerre,
Eſt-ce donc pour venger tant de monſtres divers,
Dont ce bras a purgé la terre,
Que l'on me livre en proie aux monſtres des Enfers?

PLUTON.

Si tes exploits ſont grands, voi quelle en eſt la gloire ;
Ton nom ſur le trépas remporte la victoire ;
Comme nous il eſt immortel ;
Mais, d'une égale main, puiſqu'il faut qu'on diſpenſe
Et la peine & la récompenſe,
N'attens plus de Pluton qu'un tourment éternel.
D'un trop coupable ami, trop fidéle complice,
Tu dois partager ſon ſupplice.

THESÉE.

Je conſens à le partager ;

C

L'amitié qui nous joint m'en fait un bien fuprême.
Non, de Pyrithous tu ne peux te vanger,
Sans me punir moi-même.
Sous les drapeaux de Mars, unis par la valeur,
Je l'ai vû fur mes pas voler à la victoire.
Je dois partager fon malheur,
Comme il a partagé mes périls & ma gloire.

PLUTON.

Mais cette gloire enfin, falloit-il la ternir?
Parle. Le crime même a-t'il dû vous unir?

THESÉE.

Le péril d'un ami fi tendre.
Aux Enfers, avec lui, m'a contraint à defcendre;
Eft-ce là le forfait que tu prétends punir?
Pour prix d'un projet téméraire,
Ton malheureux rival éprouve ta colere;
Mais, trop fatal Vengeur, dequoi me punis-tu?
Ah! Si fon amour eft un crime,
L'amitié qui pour lui m'anime
N'eft-elle pas une vertu?

PLUTON.

Eh bien je remets ma victime
Aux Juges fouverains de l'Empire des Morts;
Va, fors; en attendant un arrêt légitime,
Je t'abandonne à tes remords.

THESÉE *fort, fuivi de* TISIPHONE.

SCENE III·

PLUTON, les trois **PARQUES**,
Divinités infernales.

PLUTON, descendu de son trône.

Q'Uà servir mon couroux tout l'Enfer se prépare;
Que l'Averne, que le Tenare,
Le Cocyte, le Phlegeton,
Par ce qu'ils ont de plus barbare,
Vengent Proserpine & Pluton.

CHŒUR, Que l'Averne, &c.

On danse.

C H Œ U R.

Pluton commande;
Vengeons notre roi.
Pluton commande;
Suivons sa loi.

Qu'ici l'on répande
Le trouble & l'effroi.
Ne tardons pas; les momens sont trop chers;
Que cent gouffres ouverts
Aux regards soient offerts;

Dans les Enfers
Que tout tremble ;
Qu'on y raffemble
Les feux & les fers.

On danfe.

SCENE IV.

THESÉE TISIPHONE ;
& les Acteurs de la Scene précédente.

THESÉE.

Dieux! Que d'infortunés gémiffent dans ces lieux,
Un feul fe dérobe à mes yeux ;
Par mes cris redoublés vainement je l'appelle ;
Mes cris ne font point entendus ;
Ah ! Montrez-moi Pyrithous !
Craignez-vous qu'à l'afpect d'un ami fi fidéle,
Ses tourmens ne foient fufpendus ?
Traîne-moi jufqu'à lui, trop barbare Eumenide ;
Viens ; je prens ton flambeau pour guide.

TISIPHONE.

La mort, la feule mort a droit de vous unir,

THESÉE.

Mort propice, mort favorable ,

Pour me rendre moins misérable,
Commence donc à me punir.

L E S   P A R Q U E S.

Du Destin le vouloir suprême
A mis entre nos mains la trame de tes jours ;
Mais le fatal ciseau n'en peut trancher le cours,
Qu'au redoutable instant qu'il a marqué lui-même.

T H E S É E.

Ah ! Qu'on daigne du moins, en m'ouvrant les Enfers,
Rendre un vengeur à l'univers.
Puisque Pluton est infléxible,
Dieu des mers, c'est à toi qu'il me faut recourir ;
Que ton fils, dans son pere, éprouve un cœur sensible,
Trois fois dans mes malheurs tu dois me secourir ;
Le fleuve, aux Dieux mêmes terrible,
Et qu'ils n'osent jamais attester vainement,
Le Styx a reçu ton serment :
Au premier de mes vœux tu viens d'être fidéle ;
Tu m'as ouvert l'affreux séjour,
Où regne une nuit éternelle ;
Grand Dieu, daigne me rendre au jour.

C H Œ U R.

Non, Neptune auroit beau t'entendre,
Les Enfers, malgré lui, sauroient te retenir.

On peut aifément y defcendre,
Mais on ne peut en revenir.

SCENE V.

MERCURE; & les Acteurs de la Scene
précédente.

MERCURE à PLUTON.

Neptune vous demande grace
Pour un Fils trop audacieux.

PLUTON.

N'a-t'il pas partagé fon crime & fon audace,
En ouvrant fous fes pas la route de ces lieux ?
Non, non; je dois punir un Mortel qui m'offenfe.

MERCURE.

Jupiter tient les Cieux fous fon obéiffance,
Neptune régne fur les mers;
Pluton peut, à fon gré, fignaler fa vengeance
Dans le noir féjour des Enfers;
Mais le bonheur de l'univers
Dépend de votre intelligence.

P L U T O N.

C'e neſt fait, je me rends ; ſur mon juſte courroux,
Le bien de l'univers l'emporte.
De l'infernale nuit que ce coupable ſorte ;
Peut-être ſon deſtin n'en ſera pas plus doux.

Vous, qui de l'avenir percez la nuit profonde ,
Qui tenez dans vos mains & la vie & la mort,
Vous qui reglez le ſort du monde ,
Parques, annoncez-lui ſon ſort.

L E S T R O I S P A R Q U E S.

Quelle ſoudaine horreur ton deſtin nous inſpire ?
Où cours-tu, Malheureux ? Tremble ; frémis d'effroi.
Tu ſors de l'infernal empire ,
Pour trouver les Enfers chez toi.

P L U T O N , & toute ſa Cour ſe retirent.

SCENE VI.

THESÉE, MERCURE.

THESÉE.

JE trouverois chez moi ces enfers que je quitte !
Ah ! Je céde à l'horreur dont je me sens gla-
cer . . . .
Dieux, détournez les maux qu'on vient de m'annon-
cer ;
Et surtout, prenez soin de Phedre & d'Hippolyte.

MERCURE.

Il est tems de revoir la lumiere des Cieux.

THESÉE.

Ciel! Cachons mon retour, & trompons tous les yeux.

FIN DU SECOND ACTE.

ACTE III.

ACTE TROISIÉME.

Le Théâtre repréfente une partie du palais de THESÉE, *fur le rivage de la mer.*

SCENE PREMIERE.

PHEDRE.

Ruelle Mere des Amours,
Ta vengeance a perdu ma trop coupable race,
N'en fufpendras-tu point le cours ?
Ah ! Du moins, à tes yeux, que Phedre trouve grace.
Je ne te reproche plus rien,
Si tu rends à mes vœux Hippolyte fenfible ;
Mes feux me font horreur, mais mon crime eft le tien ;
Tu dois ceffer d'être inflexible.
Cruelle Mere des Amours, &c.

D

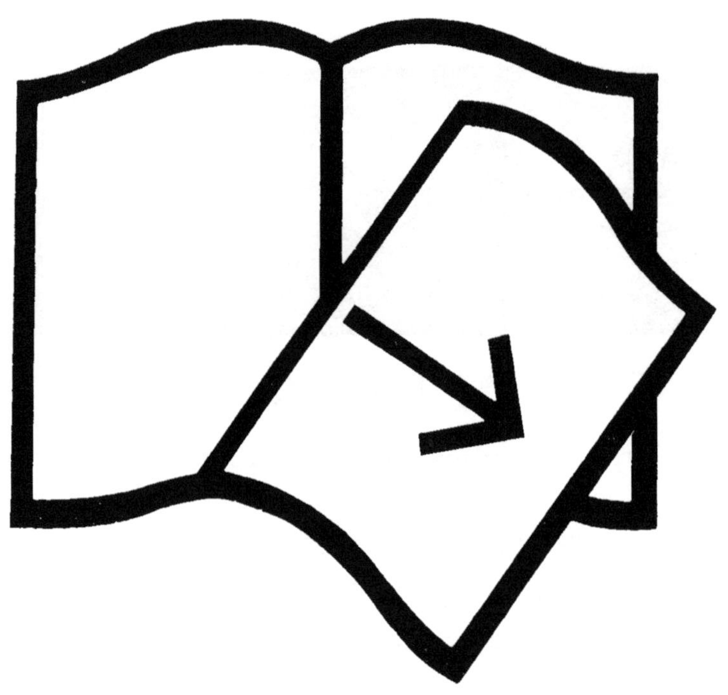

Documents manquants (pages, cahiers...)

NF Z 43-120-13

Mais pourquoi tous ces vains remords !
Ah ! Si j'en crois Arcas, mon cœur peut tout prétendre,
Théfée a vû les fombres bords.
L'Enfer, pour me punir, pourroit-il me le rendre ! ...

SCENE II.

PHEDRE, HIPPOLYTE, ŒNONE.

HIPPOLYTE.

REine, fans l'ordre exprès, qui dans ces lieux
m'appelle ,
Quand le ciel vous ravit un époux glorieux ,
Je refpecterois trop votre douleur mortelle ,
Pour vous montrer encore un objet odieux.

PHEDRE.

Vous, l'objet de ma haine ! O ciel ! Quelle injuftice !
Je dois diffiper cette erreur ;
Helas ! Si vous croyez que Phedre vous haïffe ,
Que vous connoiffez mal fon cœur !

HIPPOLYTE.

Qu'entens-je ? A mes defirs Phedre n'eft plus con-
traire !
Ah ! Les plus tendres foins de votre augufte époux
Dans mon cœur déformais vont revivre pour vous.

P H E D R E.

Quoi ? Prince...

H I P P O L Y T E.

A votre fils je tiendrai lieu de Perre ;
J'affermirai fon trône, & j'en donne ma foi.

P H E D R E.

Vous pourriez jufques-là vous attendrir pour moi !
C'en eft trop ; & le trône, & le fils, & la mere,
Je range tout fous votre loi.

H I P P O L Y T E.

Non ; dans l'art de regner je l'inftruirai moi-même ;
Je céde fans regret la fuprême grandeur.
Aricie eft tout ce que j'aime ;
Et fi je veux regner, ce n'eft que dans fon cœur.

P H E D R E.

à Hippolyte.   à part.

Que dites-vous ? O ciel ! Quelle étoit mon erreur !

à Hippolyte.

Malgré mon trône offert, vous aimez Aricie !

H I P P O L Y T E.

Quoi ! Votre haine encor n'eft donc pas adoucie ?

PHEDRE.

Tu viens d'en redoubler l'horreur...
Puis-je trop haïr ma rivale ?

HIPPOLYTE.

Votre rivale ! Je fremis ;
Théfée eft votre époux, & vous aimez fon fils !
Ah ! Je me fens glacer d'une horreur fans égale.
Terribles ennemis des perfides humains,
Dieux, fi prompts autrefois à les réduire en poudre,
    Qu'attendez-vous ? Lancez la foudre.
    Qui la retient entre vos mains ?

PHEDRE.

Ah ! Ceffe par tes vœux d'allumer le tonnerre.
Eclatte ; éveille-toi ; fors d'un honteux repos ;
    Rens-toi digne fils d'un héros,
Qui de monftres fans nombre a délivré la terre ;
Il n'en eft échappé qu'un feul à fa fureur ;
    Frappe ; ce monftre eft dans mon cœur.

HIPPOLYTE.

Grands Dieux !

PHEDRE.

        Tu balances encore !
Etouffe dans mon fang un amour que j'abhorre.

Je ne puis obtenir ce funeste secours !.
Cruel ! Qu'elle rigueur extrême !
Tu me hais, autant que je t'aime ;
Mais, pour trancher mes tristes jours,
Je n'ai besoin que de moi-même.

*Elle prend l'épée d'*Hippolyte.

Donne...

HIPPOLYTE.

En lui arrachant l'épée.

Que faites-vous ?

PHEDRE.

Tu m'arraches ce fer,

Thesée *paroît.*

SCENE III.

THESÉE; & les Acteurs de la scene précédente.

THESÉE.

Que vois-je ? Quel affreux spectacle !

HIPPOLYTE.

Mon pere !

PHEDRE.

Mon époux.

THESÉE.   *à part.*

O trop fatal Oracle !
Je trouve les malheurs que ma prédits l'Enfer.

à PHEDRE.

Reine, dévoilez-moi ce funeste mystére.

PHEDRE à THESÉE.

N'approchez point de moi ; l'Amour est outragé ;
Que l'Amour soit vengé.

SCENE IV.

THESÉE, HIPPOLYTE, ŒNONE,

THESÉE, à HIPPOLYTE.

Sur qui doit tomber ma colere ?
Parlez, mon fils, parlez, nommez le criminel.

HIPPOLYTE.

à part.

Seigneur... Dieux! Que vais-je lui dire ?

à THESÉE.

Permettez que je me retire ;
Ou plutôt, que j'obtienne un exil éternel.

HIPPOLYTE *sort.*

SCENE V.

THESÉE, ŒNONE.

THESÉE.

à part.

QUoi ? Tout me fuit ! Tout m'abandonne !   *à* ŒNONE.

Mon épouse! Mon fils! Ciel! demeurez, Œnone.
C'est à vous seule à m'éclairer.
Sur la trahison la plus noire.

ŒNONE.

à part.

Ah! Sauvons de la reine & les jours & la gloire.

à THESÉE.

Un desespoir affreux... pouvez-vous l'ignorer ?
Vous n'en avez été qu'un témoin trop fidéle.

Je n'ofe accufer votre fils ;
Mais, la reine... Seignéur, ce fer armé contre elle,
Ne vous en a que trop appris.

THESÉE.

Dieux ! Acheve.

ŒNONE.

Un amour funefte...

THESÉE.

C'en eft affez ; épargne-moi le refte.

SCENE VI.
THESÉE.

QU'ai-je appris ? Tout mes fens en font glacez
d'horreur.
Vengeons-nous ; quel projet ! Je fremis quand j'y
penfe.
Qu'il en va coûter à mon cœur !
A punir un ingrat d'où vient que je balance ?
Quoi ? Ce fang, qu'il trahit, me parle en fa faveur !
Non, non, dans un fils fi coupable,
Je ne vois qu'un monftre effroyable :
Qu'il ne trouve en moi qu'un vengeur.

Puiffant

Puiſſant maître des flots, favorable Neptune,
> Entens ma gémiſſante voix;
Permets que ton fils t'importune,
> Pour la derniere fois.
Hippolyte m'a fait le plus ſanglant outrage;
> Rempli le ferment qui t'engage;
Préviens par ſon trépas un deſeſpoir affreux;
Ah ! Si tu refuſois de venger mon injure,
Je ſerois parricide, & tu ſerois parjure,
> Nous ferions coupables tous deux.

> *La mer s'agite.*

> Mais de courroux l'onde s'agite.
Tremble; tu vas périr, trop coupable Hippolyte.

Le ſang a beau crier, je n'entens plus ſa voix.
Tout s'apprête à punir une offenſe mortelle;
> Neptune me ſera fidéle,
> C'eſt aux Dieux à venger les Rois.

On vient de mon retour rendre grace à Neptune;
Et je voudrois encore être dans les Enfers:
> Fuyons une foule importune;
Ne puis-je diſparoître aux yeux de l'univers!

E

SCENE VII.

THESÉE, PEUPLES ET MATELOTS,

CHŒUR.

QUe ce rivage retentiſſe
De la gloire du Dieu des flots :
Qu'à ſes bienfaits tout applaudiſſe ;
Il rend à l'univers le plus grand des heros.
Que ce rivage retentiſſe
De la gloire du Dieu des flots.

On danſe.

UNE MATELOTE.

L'Amour, comme Neptune,
Invite à s'embarquer ;
Pour tenter la fortune,
On oſe tout riſquer.

Malgré tant de naufrages,
Tous les cœurs ſont matelots ;
On quitte le repos ;
On vole ſur les flots ;
On affronte les orages ;
L'Amour ne dort
Que dans le Port.

On danſe.

FIN DU TROISIEME ACTE.

ACTE QUATRIÉME.

*Le Théâtre repréſente un Bois conſacré à D I A N E
ſur le rivage de la Mer.*

SCENE PREMIERE.

HIPPOLYTE.

H! Faut-il en un jour, perdre tout ce que
 j'aime !
Mon Pere pour jamais me bannit de ces
 lieux;
Si cheris de Diane même,
Je ne verrai plus les beaux yeux
Qui faiſoient mon bonheur ſuprême:

Ah! Faut-il, en un jour, perdre tout ce que j'aime!

E ji

SCENE II.
HIPPOLYTE, ARICIE.

ARICIE.

C'En eſt donc fait, cruel, rien n'arrête vos pas,
Vous deſeſperez votre amante.

HIPPOLYTE.

Helas! Plus je vous vois, plus ma douleur augmente,
Je ſens mieux tous mes maux quand je vois tant d'appas.

ARICIE.

Quoi! L'inimitié de la Reine,
Vous fait-elle quitter l'objet de votre amour?

HIPPOLYTE.

Non! Je ne fuirois pas de cet heureux ſéjour
Si je n'y craignois que ſa haine.

ARICIE.

Que dites-vous...

HIPPOLYTE.

Gardez d'oſer porter les yeux
Sur le plus horrible myſtere,
Le reſpect me force à me taire;
J'offenſerois le Roi, Diane, & tous les Dieux.

A R I C I E.

Ah ; c'eft m'en dire affez , ô crime !
Mon cœur en eft glacé d'épouvante & d'horreur.
Cependant vous partez , & de Phedre en fureur
Je vais devenir la victime.

à part.

Dieux ; pourquoi féparer deux cœurs
Que l'amour a faits l'un pour l'autre !

à Hippolyte.

Eh *!* Quelle autre main que la vôtre ,
Si vous m'abandonnez , peut effuyer mes pleurs ?

à part.

Dieux ; pourquoi féparer deux cœurs
Que l'amour a faits l'un pour l'autre ?

HIPPOLYTE.

Hé bien daignez me fuivre.

A R I C I E.

O ciel ! Que dites-vous *?*
Moi vous fuivre *!*

HIPPOLYTE.

Ceffez de croire
Que je puiffe oublier le foin de votre gloire.

En ſuivant votre amant, vous ſuivez votre époux ;
Venez.... quel ſilence funeſte !

A R I C I E.

Ah ! Prince, croyez-en l’amour que j’en atteſte.
Je ferois mon ſuprême bien
D’unir votre ſort & le mien ;
Mais Diane eſt inéxorable
Pour l’amour & pour les Amans.

H I P P O L Y T E.

A d’innocens déſirs Diane eſt favorable
Qu’elle préſide à nos ſermens.

E N S E M B L E.

Nous allons nous jurer une immortelle foi :
Viens, Reine des Forêts, viens former notre chaîne ;
Que l’encens de nos vœux s’éleve juſqu’à toi,
Sois toujours de nos cœurs l’unique Souveraine.

On entend un bruit de Cors.

H I P P O L Y T E.

Le ſort conduit ici ſes ſujets fortunés ;
Uniſſons-nous aux jeux qui lui ſont deſtinés.

SCENE III.

HIPPOLYTE, ARICIE,

CHASSEURS ET CHASSERESSES.

CHŒUR.

Faisons par tout voler nos traits.
Animons-nous à la victoire ;
Que les antres les plus secrets
Retentissent de notre gloire.

On danse.

UNE CHASSERESSE.

Amans, quelle est votre foiblesse ?
Voyez ! L'Amour sans vous allarmer ;
Ces mêmes traits dont il vous blesse,
Contre nos cœurs n'osent plus s'armer.

Malgré ses charmes
Les plus doux,
Bravez ses armes,
Faites comme nous ;
Osez, sans allarmes,
Attendre ses coups ;
Si vous combattez, la victoire est à vous,

Amans, quelle eſt votre foibleſſe ?
Voyez l'Amour ſans vous allarmer ;
Ces mêmes traits dont il vous bleſſe,
Contre nos cœurs n'oſent plus s'armer.

Vous vous plaignez qu'il a des rigueurs,
Et vous aimez tous les traits qu'il vous lance !
C'eſt vous qui les rendez vainqueurs ;
Pourquoi ſans défenſe
Livrer vos cœurs ?

Amans, quelle eſt votre foibleſſe, &c.

On danſe.

UNE CHASSERESSE.

A la chaſſe, à la chaſſe.
Armez-vous.

CHŒUR.

Courons tous à la chaſſe ;
Armons-nous.

UNE CHASSERESSE.

Dieu des cœurs, cédez la place ;
Non, non, ne regnez jamais.
Que Diane préſide ;
Que Diane nous guide,
Dans le fond des forêts ;
Sous ſes loix nous vivons en paix.
A la chaſſe, *&c.*

UNE

U N E   C H A S S E R E S S E.

Nos aſyles
Sont tranquilles ,
Non , non , rien n'a plus d'attraits.
Les plaiſirs ſont parfaits ,
Aucun ſoin n'embarraſſe ,
On y rit des Amours ,
On y paſſe les plus beaux jours.
A la chaſſe , *&c.*

On danſe.

La mer s'agite ; on en voit ſortir un monſtre horrible.

C H Œ U R.

Quel bruit ! Quels vents ! Quelle montagne humide !
Quel monſtre elle enfante à nos yeux ?
O Diane , accourez ; volez du haut des cieux.

H I P P O L Y T E s'avance vers le monſtre.

Venez, qu'à ſon défaut je vous ſerve de guide.

A R I C I E.

Arrête ,

C H Œ U R.

Dieux ! Quelle flamme l'environne !

F

A R I C I E.

Quels nuages épais ! Tout fe diffipe ; hélas?
Hippolyte ne paroît pas.
Je meurs.

ARICIE tombe évanouie.

C H Œ U R.

O difgrace cruelle !
Hippolyte n'eft plus.

SCENE IV.
PHEDRE, CHASSEURS & CHASSERESSES.

PHEDRE.

QUelle Plainte en ces lieux m'appelle !

CHŒUR.

Hippolyte n'eſt plus.

PHEDRE.

Il n'eſt plus ! O douleur mortelle !

CHŒUR.

O regrets ſuperflus !

PHEDRE.

Quel ſort l'a fait tomber dans la nuit éternelle !

CHŒUR.

Un Monſtre furieux ſorti du ſein des flots,
Vient de nous ravir ce Héros.

PHEDRE.

Non , ſa mort eſt mon ſeul ouvrage ;
Dans les Enfers, c'eſt par moi qu'il deſcend ;
Neptune de Theſée a crû venger l'outrage ;
J'ai verſé le ſang innocent.

F ij

Qu'ai-je fait? quels remords! Ciel! J'entens le ton-
    nerre.
      Quel bruit! Quels terribles éclats?
Fuyons; où me cacher? je sens trembler la terre;
      Les Enfers s'ouvrent sous mes pas.
Tous les Dieux conjurez, pour me livrer la guerre,
      Arment leurs redoutables bras.
      Dieux cruels, Vengeurs implacables,
Suspendez un courroux qui me glace d'effroi;
      Ah! Si vous êtes équitables,
      Ne tonnez pas encor sur moi;
La gloire d'un Héros que l'imposture opprime,
      Vous demande un juste secours;
Laissez-moi révéler à l'Auteur de ses jours,
      Et son innocence & mon crime.

C H Œ U R.

O remords superflus!
Hippolyte n'est plus.

FIN DU QUATRIÉME ACTE.

ACTE CINQUIÉME

Le Théâtre repréfente un Jardin délicieux , qui forme les avenuës de la Forêt d'Aricie : On y voit ARICIE , couchée fur un lit de verdure.

SCENE PREMIERE.
ARICIE.

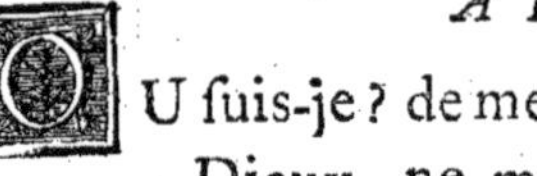

OU fuis-je ? de mes fens j'ai recouvré l'ufage;
 Dieux, ne me l'avez vous rendu ,
 Que pour me retracer l'image
 Du tendre Amant que j'ai perdu ?

      La clarté fe redouble.

Quel doux Concerts! Quel nouveau jour m'éclaire !
 Non, non ; ces fons harmonieux,
 Ce Soleil qui brille à mes yeux ,
Sans Hippolyte, helas ! Rien ne me fçauroit plaire.

Mes Yeux, vous n'êtes plus ouverts,
Que pour verſer des larmes.
Envain d'aimables ſons font retentir les Airs;
Je n'ai que des ſoupirs, pour répondre aux Concerts,
Dont ces lieux enchantés viennent m'offrir les
      charmes.

Mes Yeux vous n'êtes plus ouverts
Que pour verſer des larmes.

Diane deſcend dans une gloire.

SCENE II.

DIANE, ARICIE, BERGERS, & BERGERES.

CHŒUR.

Eſcendez, brillante Immortelle;
Regnez à jamais dans nos bois.

ARICIE.

Ciel! Diane! Malgré ma diſgrace cruelle,
Signalons l'ardeur de mon zèle
Pour la Divinité qui me tient ſous ſes Loix.

CHŒUR. Deſcendez, &c.

A R I C I E.

Joignons nous aux voix
De cette Troupe fidelle.
Defcendez, brillante Immortelle.

C H Œ U R. Regnez, *&c.*

D I A N E.

Peuples toûjours foûmis à mon obéïffance,
Que j'aime à me voir parmi vous !
Je fais mes plaifirs les plus doux
De regner fur des cœurs où regne l'innocence.
Pour difpenfer mes Loix dans cet heureux féjour,
J'ai fait choix d'un Heros qui me chérit, que j'aime;
Célébrez cet augufte jour ;
Que pour ce nouveau Maître, ainfi que pour moi-
même,
Les plus beaux jeux foient préparez.

à A R I C I E.

Allez-en prendre foin. Vous, Nymphe, demeurez.

SCENE III.
DIANE, ARICIE.
DIANE.

ET vous : Troupe à ma voix fidelle,
Doux Zephirs, volez en ces lieux ;
Il est temps d'apporter le dépôt précieux
Que j'ai commis à vôtre zéle.

Les ZEPHIRS amenent HIPPOLYTE dans un Char.

SCENE IV.
DIANE, HIPPOLYTE, ARICIE.
HIPPOLYTE ET ARICIE.

HIPPOLYTE. A Ricie, est-ce vous que je voi.
ARICIE. Hippolyte, est-ce vous que je voi.
Que mon sort est digne d'envie !
Le moment qui vous rend à moi,
Est le plus heureux de ma vie.

DIANE.

Tendres Amans, vos malheurs sont finis ;
Pour votre Hymen tout se prépare :
Ne craignez plus qu'on vous sépare,
C'est moi qui vous unis.

Bruit de musettes.
DIANE.

DIANE.

Les Habitans de ces retraites
Ont préparé pour vous les plus aimables jeux ;
Et déja leurs douces Mufettes
Annocent le moment heureux,
Où vous allez regner fur eux.

SCENE V.

DIANE, HIPPOLYTE, Habitans
de la Forêt d'ARICIE.

ENTRÉE DES BERGERS.

CHŒUR.

CHantons fur la Mufette,
Chantons.
Au fon qu'elle répette,
Danfons.
Que l'Echo fidèle
Rende nos chanfons.

Chantons, &c.

Bergère trop cruele,
Goûtez des tendres leçons.

Chantons fur la Mufette, &c.

On danfe.

G

UNE BERGERE.

Plaisirs, doux Vainqueurs,
A qui tout rend les Armes,
Enchaînez les cœurs;
Plaisirs, doux Vainqueurs,
Rassemblez tous vos charmes;
Enchantez tous les cœurs.

Que l'Amour a d'appas;
Regnez, ne cessez pas
De voler sur ces pas.

Plaisirs, doux Vainqueurs, *&c.*

C'est aux Ris, c'est au Jeux
D'embellir son Empire;
Qu'aussi-tôt qu'on soupire,
L'on y soit heureux.

Plaisirs, doux Vainqueurs, *&c.*

On danse.

D I A N E.

Bergers, vous allez voir combien je suis fidèle
A tenir ce que je promets;
Le Heros, qui sur vous va regner desormais,
Sera le prix de votre zèle.

C H Œ U R.

Que tout foit heureux fous les Loix
Du Roi que Diane nous donne;
Que tout applaudiffe à fon choix;
C'eft la Vertu qui le couronne.

On danfe.

A R I C I E.

Roffignols amoureux, répondez à nos voix;
Par la douceur de vos ramages,
Rendez les plus tendres hommages
A la Divinité qui regne dans nos Bois.

Un Ballet général termine le Divertiffement.

F I N.

A P P R O B A T I O N.

J'Ai lû par ordre de Monfeigneur le Chancelier cette Nouvelle Edition *d'Hippolyte & Aricie*, avec des additions & des retranchemens, & je n'y ai rien trouvé qui puiffe en empêcher l'impreffion. A Paris, le 26 Janvier 1757.

DE MONCRIF.